PLANETA ANIMAL

EL GORILA

KATE RIGGS

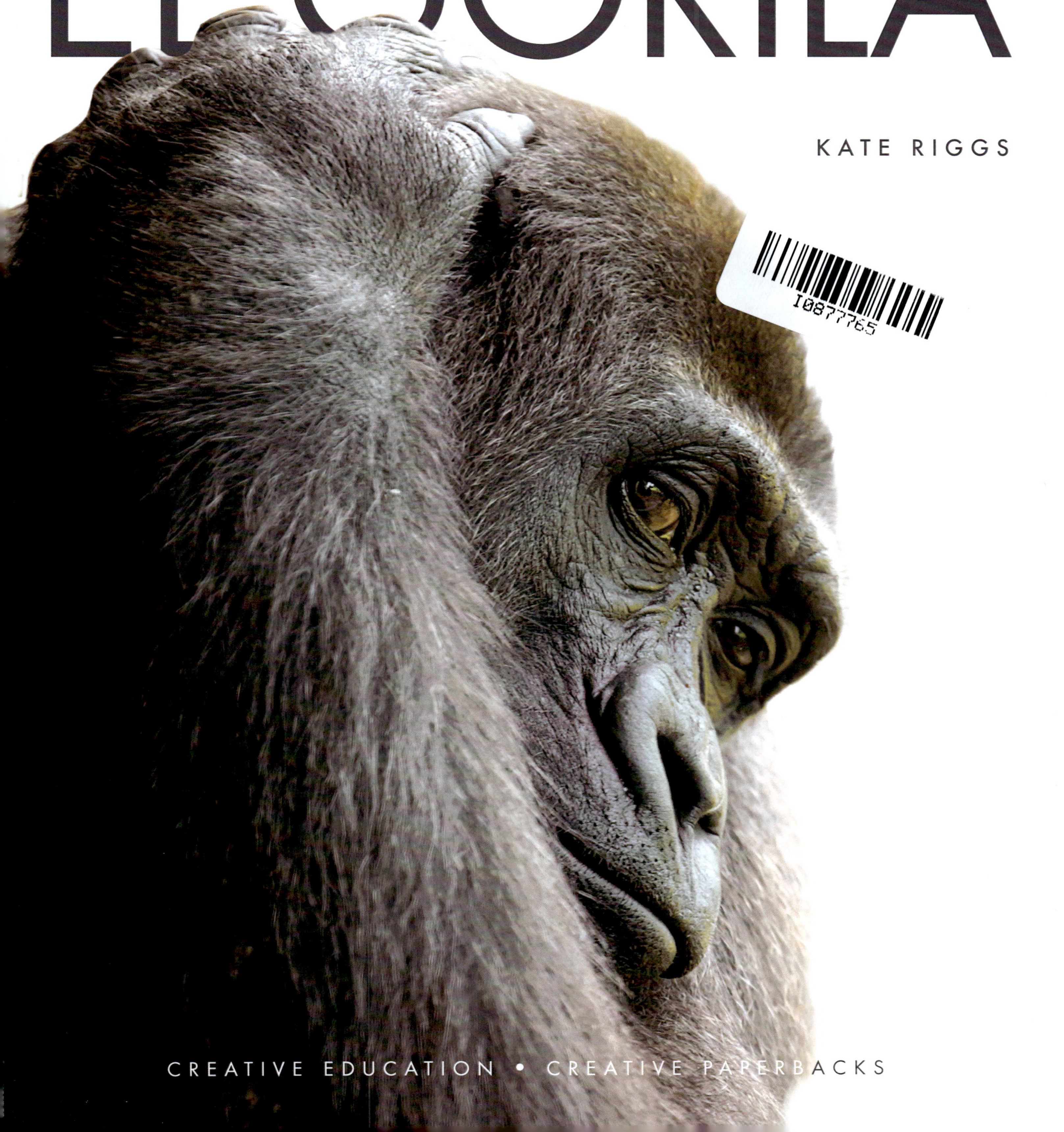

CREATIVE EDUCATION • CREATIVE PAPERBACKS

Publicado por Creative Education
y Creative Paperbacks
P.O. Box 227, Mankato, Minnesota 56002
Creative Education y Creative Paperbacks son
marcas editoriales de The Creative Company
www.thecreativecompany.us

Diseño de The Design Lab
Producción de Angela Korte & Colin O'Dea
Dirección de arte de Rita Marshall
Impreso en los Estados Unidos de América
Traducción de TRAVOD, www.travod.com

Fotografías de Dreamstime (Eric Gevaert), Getty
Images (Freder/E+, Kate Roberts, Anup Shah/Stone),
iStockphoto (Anolis01, deepblue4you, guenterguni,
marcelmooij, philhess, Cheryl Ramalho, RichardRuss)

Información del Catálogo de publicaciones de la
Biblioteca del Congreso is available under PCN
2020907003.
ISBN 978-1-64026-466-3 (library binding)
ISBN 978-1-68277-004-7 (pbk)

Tabla de contenido

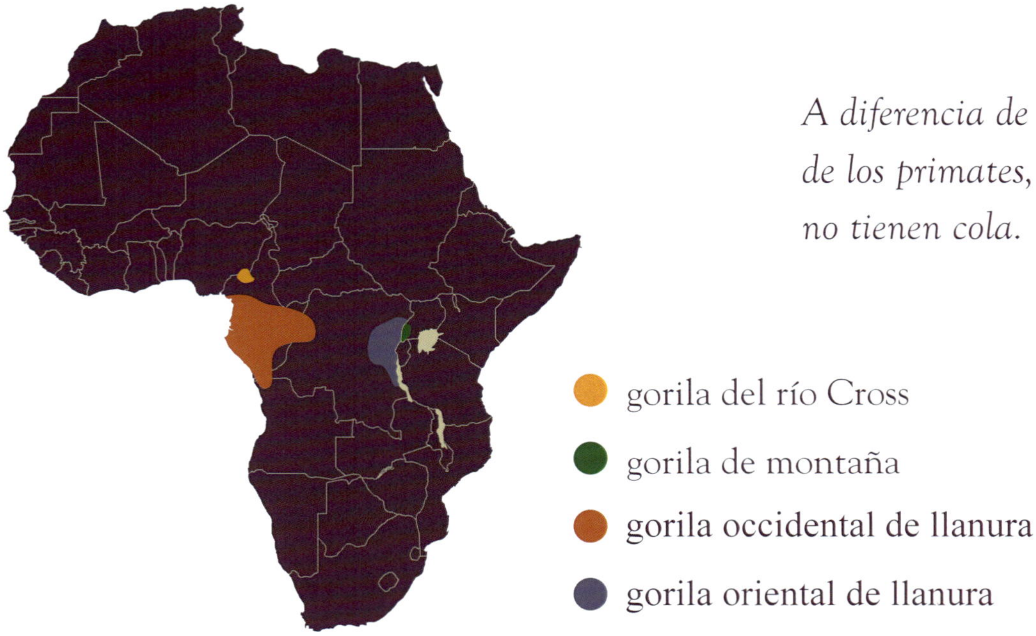

A diferencia de la mayoría de los primates, los simios no tienen cola.

Los gorilas salvajes solo se pueden encontrar en el **continente** de África. Los gorilas son grandes simios. Los simios son un tipo de **primate**. Hay cuatro tipos de gorilas. Se los nombró de acuerdo al lugar en el que viven.

continente una de las siete grandes extensiones de tierra del planeta

primate un mamífero (animal que tiene pelo o pelaje y alimenta a sus bebés con leche) con manos que puedan agarrar y un cerebro grande

Los gorilas generalmente se desplazan en cuatro patas. Sus cuerpos grandes y fuertes están cubiertos con pelo negro o amarronado. Alrededor de los 12 años, el pelo de la espalda del gorila macho comienza a ponerse blanco. Se le conoce como espalda plateada.

Los gorilas caminan apoyándose sobre sus pies y los nudillos de sus manos.

Los machos pueden medir seis pies (1.8 m) de altura. Pesan hasta 500 libras (227 kg). Las hembras generalmente miden entre cuatro y cinco pies (1.2 a 1.5 m) de altura. No pesan más de 200 libras (90.7 kg).

A pesar de su tamaño y fuerza, los gorilas son animales gentiles.

Los gorilas viven en África central y occidental. Los gorilas de montaña viven en lo alto de montañas boscosas. Tener el cabello más largo les ayuda a mantenerse calientes. Los otros tres tipos de gorilas viven más abajo en las montañas. Les gustan las tierras más llanas y los bosques menos tupidos.

Las tierras donde habitan los gorilas se están reduciendo a medida que las personas talan árboles para obtener madera.

Los gorilas comen plantas. El bambú, el apio silvestre, y los cardos son algunas de sus comidas favoritas. Sus dientes afilados desgarran estas plantas tan duras. Algunos gorilas también comen flores, frutas, e insectos. Los gorilas a menudo se sientan con las piernas cruzadas mientras comen.

Los gorilas viajan hasta media milla (0.8 km) por día en busca de comida.

Una madre gorila tiene un bebé por vez. Las crías crecen rápidamente. Beben la leche de su madre. Cuando cumplen alrededor de 10 semanas, también comienzan a comer alimentos sólidos. A las crias les gusta luchar y jugar. Permanecen cerca de sus madres durante dos o tres años.

La cría pesa menos de cinco libras (2.3 kg) al nacer.

Los gorilas utilizan más de 20 sonidos diferentes para comunicarse.

Los gorilas viven en grupos familiares llamados manadas. La mayoría de las manadas tienen entre 5 y 20 gorilas. Un espalda plateada de mayor edad lidera la manada. Ayuda a la manada a encontrar comida. La protege de los **depredadores** como los leopardos.

depredadores animales que matan y comen a otros animales

Los gorilas pasan la mayor parte de su tiempo comiendo y durmiendo. ¡Los adultos comen hasta 50 libras (22.7 kg) de alimento al día! Los gorilas duermen mucho durante el día. La mayoría construye un nido en el suelo para dormir por la noche. Los gorilas más jóvenes trepan a los árboles para dormir.

Los gorilas duermen de 13 a 15 horas por noche.

Algunas personas viajan a África para ver a los gorilas en la naturaleza. Los parques nacionales ayudan a proteger a los gorilas y a otros animales que viven allí. ¡Es divertido ver a estos grandes y fuertes simios de cerca!

Los gorilas son los primates vivos más grandes del mundo.

Un cuento sobre gorilas

Las personas que habitaban en África contaban una historia sobre por qué los gorilas comen y duermen todo el día. Hace mucho tiempo, llovió tanto que se desbordó un río. ¡Los gorilas ayudaron a todos los animales a llegar a tierra seca, incluso a los peces! Pero los peces necesitan agua para vivir. Todos los otros animales se burlaron de los gorilas por el error que cometieron. Desde entonces, los gorilas no han hecho más que comer y dormir.

Índice